shelly bhoil

nasceu na *Índia* em 1980 e reside em São Paulo. É doutora em Estudos Literários pela Punjab University, *Índia.* Autora do livro *An Ember from Her Pyre* (Índia, 2016) e *Poemas em construcción* (Colômbia, 2023); duas coleções editadas de ensaios acadêmicos (com Enrique Galvan Alvarez), *Subjetividades Tibetanas em um Palco Global: Negociação da Despossessão* (2018) e N*ovas Narrativas do Tibete em Exílio* (2020, Lexington Books, Estados Unidos); e organizadora de *Testemunho poético dos tibetanos no exílio* (Universidade de São Paulo, 2021). Em 2016 recebeu menção honrosa no Concurso Nacional de *Poesia* da Índia e ficou em terceiro lugar no Rabindranath Tagore Concurso Internacional de *Poesia*. Em 2011 ficou em primeiro lugar no Concurso Internacional de Escrita Tahoe Safe Alliance e recebeu menção honrosa no concurso FLEFF Checkpoint Story Contest na Universidade de Ithaca, EU.

PREPOSIÇÃO
DE ENTENDIMENTO

shelly bhoil

editora Urutau
primeira edição
2023

O —

editora Urutau

rua do cajú, 478,
jardim das cerejeiras
06724-015
cotia-sp (brasil)

rua manuel pacheco nobre, 128 - 5º esquerdo
2830-080
barreiro (setúbal)
portugal

[+351] 928053619 [portugal]
[+55] 11 9 4859 2 426 [brasil]

www.editoraurutau.com.br
contato@editoraurutau.com.br

[editores]
tiago fabris rendelli & wladimir vaz
[coordenação de revisão]
debora ribeiro rendelli
[revisão]
juliana palermo
[tradução]
camila assad, cláudia martins e gisele wolkoff
[diagramação]
victor h. azevedo
[capa]
fotografia da autora

dados internacionais de catalogação na publicação (CIP) de acordo com ISBD

bhoil, shelly
B575p preposição de entendimento / shelly bhoil. - cotia : urutau, 2023. 80 p. ; 14cm x 19cm.

ISBN: 978-65-5900-492-8

1. literatura brasileira. 2. poesia. I. título.

CDD 869.1
2023-995 CDU 821.134.3(81)-1

elaborado por vagner rodolfo da silva - CRB-8/9410

sumário

dedicado a cada brasileiro(a) que ajudou esta mulher indiana perdida a encontrar seu caminho e reconstruir sua vida no Brasil...

[prefácio]

É com grande prazer que apresento esta antologia de poemas de minha amiga, Shelly Bhoil, seus primeiros poemas em português. Fiquei fascinado pela abrangência de temas cobertos pelos poemas: as saudades da Índia e da família que ela sente aqui no Brasil e a tentativa de recriar uma pequena Índia na sua cozinha; a vida nascente no ventre; um poema visual; a dificuldade de escrever; os casamentos arranjados da Índia, muitas vezes a uma idade precoce, e resultando numa prole enorme, pelo menos no passado; a vida de uma jovem tibetana do campo numa época passada e suas obrigações familiares; a posição da mulher no mundo; amizades com amigas; as piras funerárias indianas; o suicídio de Virginia Woolf. Esses são só alguns dos temas de Shelly.

Meus favoritos são “Serei eu”, que segue o crescimento do feto dentro do útero da mãe, mas não sabemos o que vai acontecer com a criança depois de nascer, e “Casamento arranjado”, criticando esse tipo de casamento, ainda muito comum na Índia; em vez de ser o ponto alto de sua vida, parece que a noiva vai para seu próprio enterro!

Shelly mistura humor, amargura, crítica social, confissões pessoais, feminismo e as práticas sociais da Índia. Os poemas são cativantes. Com certeza vocês vão gostar.

John Milton

Professor Titular em Estudos da Tradução
Universidade de São Paulo

*

*   *

Querido poema em construção,

Tendo descartado você
incontáveis vezes
temendo que viesse a se tornar
anônimo no mar dos versos
eu finalmente o deixei flutuar
depois de ser beijada
por um pingo de chuva
do céu confuso de hoje

Atenciosamente

Doce veneno

Amor unido à inocência é aniquilador!

Elas amam açúcar
 e tudo o que é doce

Como seu desejo as levou
ao poço de mel!

Para completar
 formigas andam em filas disciplinadas
 por quê, será que é culpa da líder?

 Uma pula pra dentro depois da outra
 uma sepultura coletiva de gritos silenciosos!

Minha avó uma vez me disse:
 Gostaria de viver
 dentro de um saco de açúcar

Construindo significados

foi naquela época em que não entendíamos o que existe
e começamos a fazer exercícios de construção de significado

roubei sutilmente um fio de cabelo do casaco da minha colega de classe e arranquei um dos meus para justapor os dois ao sol. mais alguns fios foram arrancados e roubados. então cocei a cabeça sem entender como alguns cabelos podiam ser "finos" e outros não!

minha irmã gêmea tagarela caçava
as palavras que dançavam nos lábios
dos mais velhos e lutava para falar
a cada fração de segundo que os
lábios deles se selavam pois ela devia
estar falando agora porque tinha
entendido que uma "conversa" (ao
final da qual ela era autorizada a
falar) significa uma palavra.

o rosto do pai ficou vermelho enquanto a mãe bateu com a mão na testa!

traçamos os contornos de O e C na
lua, Y nas árvores em que subíamos,
V W e M nos vales e montanhas
que víamos, penduradas nas árvores,
de cabeça para baixo. as montanhas,
a alguns passos em nosso último
aniversário, pareciam distantes agora.
o avô atribuiu o fenômeno ao nosso
crescimento.

sossegamos para escrever quando
minha irmã gêmea rimou hibisco
e chuvisco. escrevi: "um sorridente
hibisco sob o chuvisco". tentamos
incluir até mesmo "risco". então
descobrimos o dicionário e
começamos a substituir "doença" por
"enfermidade"

e a rima se tornou desvantajosa à medida que os significados se socializavam

aqueles poemas impublicáveis e significados experienciais
continham uma alegria   perdida para nós
como aqueles anos   nos anos em que crescemos e passamos
a entender o que existe
e que minha irmã gêmea   nunca existiu ou existirá

Escapar (I)

Assentou-se em minha língua
e dançou ao movimento de
um pássaro abrindo as penas
ao céu alto
depois se aninhando em outra língua
e dançando em ainda outra

Árvores da imagem mental
superam o mítico Éden

Escapar (II)

ELES não voam além do
horizonte
fechamos os olhos
fingindo
vazio ou novidade
mas nós os encontramos na casa suspensa dos sonhos

que um imaginário queima
para reciclar
em estilhaçantes raios de sol

Exílio interno

A existência reconhecível
trilha um labirinto estranho
apinhado de pregos
de miríades de lembranças
enredadas em teias clichês de
pertences traídos anseios roubados
em contextos mutáveis
enquanto se caçam passos-pensamentos
que podem moldar o vago
que uma vida então mede
e salva um exilado
de meandros
e danação

da palha
(arrancada do lar)
flutuando pelo mar
até se desintegrar!

crescendo no inóspito
ramificando-se em outros ramos
outros ramos se ramificando em um
enquanto lembranças de raízes se esvaem
quando ainda jovens!
mas para onde mais crescer

se parar de seguir
os padrões não sazonais
do novo sol
e
passos-pensamentos
que podem moldar o vago
que uma vida então mede
e salva um exilado
de meandros

Relembrando

Nos buracos do tempo, as mãos se tornam mais curtas.
a memória é velha demais para se lembrar daquela primeira coisa.
as coisas são finas. mas o ar está denso com sombras. dos sonhos
a vovó relembrava como ele olhava e olhava para ela. dos sonhos
recordo como ela olhava e olhava para ele olhando para ela.
relembrando em eclipses a partir de onde estamos.

A negação das palavras

Tudo aconteceu depois que
o verso começou a se esfacelar
da pele
sem a beleza da queda das estrelas

a metáfora traiu
a imaginação
diferentemente das assinaturas de divórcio prontas a acontecer

e a poesia se tornou um céu sem estrelas
não como a página em branco que contempla
a promessa de ser preenchida

tudo aconteceu depois do momento em que
as palavras começaram a ser servidas em refeições
e que as palavras
deixadas ao fim da lógica
não se assentavam em um ninho aquecido para um retorno
nem se abriam em asas para voo

Em um canto

lá em um canto
ela se senta
e debaixo da cama
ela dorme

alimentando-se do próprio estômago
ela respira
pela chaminé da cozinha
flui para dentro e para fora
da soleira da porta

que ela nutre à sombra
da abóbora do quintal
e floresce
com a fragrância do solo

ela é a nossa história esquecida
de uma promessa não cumprida
vivendo unicamente para a matéria

Preposição de entendimento

Porque seu ***the***
se parece com ***a*** para mim
e vice-versa
então não nos importemos
com a possível preposição
de entendimento
entre nós
que sozinha é
a ponte
pré-posicionada
desde o núcleo
do seu nascimento
até a eternidade
do nosso ser
mantendo
os dois lados fundindo
e secando
o rio de significados
entre ***a*** e ***the*** —
e ambos indispensáveis
para que possam existir.

* 'The' e 'A' são respectivamente artigos definidos e indefinidos em inglês

A escuridão que (nunca) foi

Buscamos a luz
ainda que a nossa escuridão seja clara

Buscamos a luz
que nos cega do brilho de nossa própria escuridão
A luz que buscamos
torna-nos cegos a
tudo além
daquele ponto branco

A luz que buscamos
liga-nos a uma escuridão
uma definição
que nunca foi
que sempre será?

*

A é

c
m o
a m
n o definimos
e o corvo para preto por exemplo
i e preto como página em branco
r
a

c para que eles *escrevam* palavras BRANCAS
o p
m e
o n
d
e u
s r
c a
r d
e a
v s
e sodanedrosed sohnos me

m - d – I – s – s – e – c – a – d – a – s –
o com um pênis
s por Freud

carimbo
de um
gênero

no topo
da raça do Master do Friday

em uma nota de rodapé
estão dois sapos
enterrados
em detritos as mãos deles
ficam com pouco céu
para ver de sua terra

* "Com um pênis/por Freud" é uma referência à teoria de Sigmund Freud sobre a inveja do pênis.

* "Master do Friday" é uma referência ao nativo chamado Friday e seu mestre chamado Master em *Robinson Crusoé.*

A tinta indelével de 16 de dezembro

(Em memória de Nirbhaya)

Em 16 de dezembro
o dia sonambula como sonhos em lânguidas ruas noturnas
e a noite dorme sem o prazer do esquecimento
o mundo se sente como uma catacumba apodrecendo até o âmago
com seus moradores zumbis, aqueles cujas mãos se movem com
[tranquilidade
da oração à coação e ao dilacerar de tiras de pele
de uma massa tecida respirante lamuriante:
encenando o enterro do céu
esses abutres de uma cultura humana errada!

Em 16 de dezembro
o sol se recusa a saudar a cidade com seus olhos baixos
e as estradas correm para rios de areia, onde flutuam peixes sem
[barbatanas
nós todos com nossas asas de papel voamos para o céu mas colidimos
com um falso horizonte, embebendo o sangue menstrual do entardecer
nós descemos em queda, osso a osso, ligamentos
de fibra de intestino rachando como cabelo que cai:
um corpo servindo de banquete a criaturas do mundo mais selvagem!

Em 16 de dezembro
não muito mais alto em um céu familiar
uma lua era devorada fatia a fatia
e uma estrela solitária ainda de luto
pedindo a estrelas de outro céu
para se esconder no ventre de um dia ainda não nascido!

*Em 16 de dezembro de 2012, uma estudante de medicina, de 23 anos, foi espancada e estuprada por um grupo enquanto voltava para casa com seu amigo em um ônibus na Índia. Ela foi nomeada Nirbhaya, que significa "a destemida". Seu estupro foi tão brutal que os culpados arrancaram seu intestino com uma vara. De acordo com a OMS, ao longo da vida, 1 em cada 3 mulheres, cerca de 736 milhões, são submetidas a violência sexual.

Carta às colegas mulheres

Prezada mulher,
você está se estendendo no chão
como um tapete de atividades para aquela garotinha
em você há muito silenciada
brincar e se tornar manancial de alegria
respingando e removendo
a espessa poeira de que não necessita?

Prezada mulher,
você está plantando os pés
na floresta dos seus sonhos
estendendo os braços para que os dedos
se alquimizem em vaga-lumes
o bastante para iluminar o jardim
e transformar em cinza os que carregam machados?

Prezada mulher,
você está cultivando flores na língua
e alto-falantes nos ouvidos
para ser suave como veludo por dentro
e rebater tudo o que lhe dizem
em livros e recantos de um mundo
confeccionado para um tamanho que não é o seu?

Prezada mulher,
você está medindo a sua fragilidade
com pedras
e a densidade com pétalas?
Em suma, prezada colega mulher,
você já está se tornando
o seu homem?

Casamento arranjado

A cera está derretendo
pingando
de carvões incandescentes: meus ossos
reduzindo-me a uma caveira
vem cá ver minha cara feia!

Dos cemitérios de outrora
os fantasmas surgem
dançando em meus verdes pastos
dançando sujo
a dança suja dos queridinhos do papai

Os caixões foram deixados abertos
deliberadamente

E você quer saber se o último prego foi cravado!

De onde mais você acha
que os fantasmas vazam
e entram
nos homens
para quem somos exibidas uma após a outra?

Serei eu

Sou um botão
mãos e pés brotando
e um rabinho

Sou um peixe
nascido em lagoa quente
agora mergulhando no oceano
de meu sentido
Sou sons
gorgolejando borbulhando
fazendo bolhas

Sou uma prisioneira
alimentada pelas
bicadas e mordidas dela

Sou uma alma
ansiando pela libertação
em vida

Sou sangue e ossos
e carne
como minha mãe

ao mercado de carne
cheguei!

O que vou ser
uma adoção secreta
uma órfã abandonada
ou carne à venda!

Serei eu
uma vida roubada
do útero de minha mãe?

Uma brasa da pira funerária dela

Com o cigarro meio aceso
a história ainda meio crua
quebrou minha caneta
água fervendo
bateu na frigideira
e batatas cozidas demais
chamaram-me ao forno

Quando voltei
o ventilador estava dançando loucamente
o chão estava queimando de raiva
as paredes estavam rangendo de dor

e

palavras
as palavras estavam
incendiando a página

A história dela se recusava a ser escrita

Uma filha tibetana

*(Para Tsering Wangmo Dhompa)**

ela constrói uma estupa de palavras para a mãe
uma filha tibetana.

ela anda o dia todo em terras distantes imaginando os lugares
de concepção e nascimento. ela saúda a mãe em elemento de
existência física na terra.
forma de uma árvore. sensação da chuva. sussurros no vento.
brilho de lâmpadas de manteiga. até o anel de casamento dela.

ela sente a mão da mãe sobre as contas do rosário que ela agora reza,
na fé comum ela habita.

uma filha tibetana ressuscita uma árvore dos desejos no exílio
folheia páginas de uma história alternativa:
a altivez de um avô chefe tribal, vida emaranhada de uma princesa
exílio de uma nação, a terra das neves, à qual ela devolve a mãe em cinzas.

uma shravana kumara* tibetana carrega no coração a mãe

todos os dias ela acende uma lâmpada de pensamentos impregnados
em manteiga de seu baú de memórias de vinte e quatro anos
e a oferece à   estupa de palavras   que constrói   para a mãe.

*Tsering Wangmo Dhompa é uma poeta tibetana, exilada nos EUA.

*Shravan Kumara é um personagem no épico sânscrito *Ramayana*. Caracteriza-se pela grande devoção aos pais.

Verdade de um tio comum

Um quarto de albergue
noite das garotas
verdade e desafio
vodca e limão

uma ousou fazer *striptease*
outras zoaram
outra contou a verdade da
primeira travessura de seu dedo

pssssiu! garotos não podem entrar
exceto a lua*
que saltou de trás
do portal de nuvens

a garrafa chegou à metade
e nós abrimos o coração
sobre coisas que importavam
sobre verdades que embaraçavam

como a de um tio comum

com um monstro verde nos olhos
quando olhava para ela
e suas pequenas mangas
até as entranhas secavam

nuvens negras escondidas
em grandes bigodes
o riso-raio trovejante dele
nos lábios dela, as palavras eram cinzas

esse tio a furava com um pino no polegar
quando lhe acariciava a pele sedosa
para saciar seu apetite
o pequeno corpo-mariposa dela perdeu a vida

esse tio andava de queixo erguido
em ruas apinhadas e santuários
a ironia era como e por que
nós éramos culpadas pelo crime *dele*!

mas nessa festa de pijamas
nós jogamos conforme as regras —
do armário da infância
nós ousamos a verdade

tnk tnk tnk —
a garrafa vazia
rolou ressoando no chão

leve sem o fardo de anos
esta noite nós roncamos

e a lua
que se sentia triste e tímida
levou em silêncio
nossos segredos para o céu...

* Na cultura indiana, a lua pode ser tanto homem quanto mulher.

Numerada

22. A sua mãe tinha 18.
As nossas avós, 13. Ela
é uma mãe aos 23.
O número é o estágio

da convicção imatura
da compulsão
antes da composição

fica de olho no banco traseiro

coma, beba e seja feliz
um marido opulento. Se ler
leia livros infantis
e filhos não são desperdício!

Ainda que alguns deles
nasçam numerados.

Fluxo de consciência

Você não precisava
encher os bolsos de pedras
antes de entrar na correnteza
se não sabia nadar

Você sabia nadar
bem até demais
então subiu à tona
apesar dos bolsos cheios de pedras

E flutua no fluxo de consciência
de muitas Virginias Woolfs hoje em dia

A vida

A vida é
um céu azul franco
sol rubicundo
uma noite estrelada

A vida é
nuvens trovejantes rodando
levadas à insanidade
por dúvidas evanescentes

A vida é
o frescor
da aurora

Um entardecer cansado
de luto

A vida é
um caminho trilhado
em vidas passadas

Uma densa floresta
cega como
uma noite sem lua

A vida é
uma página em branco

Uma história manuscrita
no palco do mundo

E eu sou
o espírito de minha vida
um passageiro em viagem

Criação

Água ca
indo
na orla das ondas
néctar divino
res pingando
em ventre encaracolado
de autoabraço
de onde flui
a sua poderosa graça…

Mas equilíbrio

Expiração está em construir
corpos de madeira com cabeças de granito
empacotados na caixa de fósforos

combustível dos dois lados

para esfregar na vida
o que irá dilacerar e dispersar
os corpos

viver contido
umedecerá o granito

e salvará a madeira

para queimar seu funeral

O caminho da natureza

Aquelas nuvens imaginárias
que choram aqui
carregam um sorriso radiante lá
do outro lado

A natureza tem tantas formas de dar
quanto de enganar
com o que não vemos
enrolado no cobertor do ar

A terra valsa
no salão de baile do universo
ao ritmo do tempo
e estende
seus braços verdes
para abraçar
a grandeza
no olho dos céus
que nos vigia todos os dias
e à noite envia seus espiões

Leva-me, meu mentor

para além da visão
embaçada pela razão da insensatez

até a expressão férrea
no fundo da paixão

até o nome
sem a estrutura humana de gênero

até a fama dos anônimos
em Teu incontável Vazio

Anonimato

Como eu gostaria, meu Deus,
de evaporar até uma nuvem
chorar muito para o Céu
e viver o anonimato em teu Oceano!

Em poeira

Nome é o número
do aprisionamento da alma no
corpo

Rosto é o manter
da confiança do desejo no
corpo

Fama é o eco
de um vaso vazio, o
corpo

O que existe é a Poeira
que vivia sozinha na nebulosa
viverá sozinha na terra

Sentença: prisão perpétua

Uma vida sentenciada
palavra a palavra
cuidadosamente
pontuada
após algumas palavras
deliberadamente
para atrasar o ponto final
não de anos

Um desejo de morte

Quero
morrer
contemplando
o Ganges
desembocando
no Oceano
de suas Infinitas
águas

* Ganges: Um rio sagrado na Índia.

A devoção da Meera* (I)

Ela não poderia ser salva
Ela não poderia ter sido salva
pois havia posto
na língua
o diamante
do nome dele

* Meera: a maior devota de Deus Krishna, era uma poeta rebelde que escreveu na tradição Bhakti (devoção) no século XVI.

A devoção da Meera (II)

Você não é o aroma das flores de um jardim que trago nas mangas, aperto contra o pescoço, toco nos lóbulos das orelhas

Você é a essência de *kasturi*, que esta *yogini*, perambulando na vastidão selvagem de sua *bhakti*, cultivou dentro fora

*Kasturi: Palavra do dialeto Kannada, Telugu ou Tamil, significando "almíscar".

*Yogini: Palavra sânscrita. Feminino de *yogi* (iogue).

Infinito

Junto ao mar:

Em teus incessantes murmúrios
escuto
teus infinitos segredos

Arco-íris

teu sorriso de amor
minhas lágrimas de alegria
são tudo o que preciso
para o arco-íris no meu céu

Flores-palavras

Se as palavras pudessem
desabrochar
em flor
Eu poderia te escrever
um poema
a cada dia

Amor

(À moda de Hafez)

Como a terra ama ao sol

A henna da noite
começou a descascar
deixando o carimbo do teu nome
em minhas mãos de recém-casada
Você agora está se erguendo
sobre minha testa
Que eu agora possa beber
dos teus raios
até o final de meus dias

O mar e o rio

(À moda de Hafez)

Como o rio ama o mar:

E nunca o rio se gabou de saciar
a sede do mar
nunca se queixou de perder
a doçura para o sal
Um amor como esse flui perpetuamente
preenchendo o amado todos os dias

O mar para o rio:

Eu seria só um deserto vazio
se você não me preenchesse
minhas ondas são seus hinos
minhas marés nossos poemas de amor

Meus últimos ritos

quando eu morrer
não quero um ramo, uma árvore
morra comigo
não me queime
em vez disso me devolva
devolva-me ao ventre da terra
plantando uma semente ajeite
minhas palmas
em concha sobre meu peito
fetos gêmeos no
ventre de minha mãe
não cimente meu berço
e não me ofereça flores
deixe-me em vez disso florir
em meus elementos novamente
Quando eu morrer, meus queridos,
não
me matem
em vez disso
só me deixem
ser mais uma vez

* Na tradição funerária hindu, os mortos são cremados em uma pira feita com toras de madeira.

O futuro

O futuro é um trapo roto
usurpado por alguma esperança
em sua nudez menosprezada

Recuso-me a congelar em sinopse
devo beber um pouco do sol e superar
o hábito de seu menosprezo
agora é uma questão de preparo

Os ombros do futuro estão feridos de expectativas

Nos sinos balbuciantes do templo... *b´lém, b´lém, b´lém...*
ouço a decepção com ídolos
voltar a se inscrever um pouco mais tarde
seria uma falta de esperança
o passado já foi futurista o suficiente
para nos roubar este *presente futurizado*

Agora é uma questão de preparo.

Os manequins

Os manequins
piscam os olhos
no fechar das persianas
e saltam
janelas opacas
nas roupas que desejam
rasgando o véu da noite
seguindo as luzes das estrelas
cantando canções de liberdade
como o Oceano permite
até que
o sol retorna
recolhendo as estrelas

As ondas avançam pela costa
e todos nós retornamos às nossas casas
vivendo os nossos papéis roteirizados

Eu sonho com um poema

Eu sonho com um poema
sobre palavras
sem palavras
como um pensamento primitivo
não nascido
na consciência
da linguagem
logo gramática
porém um efêmero patoá
a cada passo
em cada língua
pendendo para fora
da aporia
uma vez que você pisa
seu Deus
seu pensamento primitivo
do Universo-
um mega-poema
pelo Criador
que penetra mais profundo
do que a profundidade dos sonhos de um poeta
espalhados pelos longos céus

além da respiração tumultuada
de nossas vidas recorrentes

Eu sonho com um poema
sobre palavras
sem palavras.

Poema nu (2)

Este poema   que está aqui
me lembra de outro poema
perdido na lembrança   nada
sobre ele mesmo ou a intervenção

Os arranhões aqui e ali
descuidados tornando-se cicatrizes
ocorrem em sonhos amnésicos
como as linhas inacabadas
nem apagadas ou enviadas
comprimidas e contorcidas na
forma de minhocas salpicadas
lavadas pela chuva
em diários semiabandonados

Este poema aqui é
sobre aquele poema em algum lugar:
um poema nu que talvez fosse
um sem palavras para ornamentações
um com sentimentos isolados da matéria
um poema nu seu
um nu meu!

Saudades do lar

Essas bailarinas
os pássaros migratórios
ficam na ponta do pé
com ligeireza
abrindo as plumas
em harmonia
para executar a dança celestial
e sumir no horizonte
deixando para trás (ninh)os vazios
ecoando canções alegres, saudosas
sobre o lar e a volta
para este imigrante solitário
cujo caminho é fretado em
um oceano ilimitado
e gotas individuais

Nas ondas que se espalham
de solidão e saudades
sigo à deriva entre coisas banais
TV, chá, cigarros e carro
até a rua da esquina
onde os pés cobertos de fuligem de alguém
confortavelmente desalojado

de uma casa de caixa de papelão
estilhaçam meu romance da bailarina

Pois percebo que
saudade do lar é um luxo
indisponível aos sem-teto!

Histórias da vovó

O dia bocejou
e rastejou
para dentro da caverna da noite
o guarda da vila postou-se
sob o luar
e nós
ficamos rolando
sobre a barriga
escutando
as histórias de ninar
da vovó
que contam em nossas vidas
como a frase ininterrupta
do rio
caindo no
oceano
de palavras
de existência contínua
de onde contamos para
nossas crianças
sobre a narrativa
de final em aberto do céu
quando dentre estrelas-elipses

nossa amada vovó
pisca para nós, e nós suspiramos!

Nada a temer

(para Amogh)

Não há nada a temer, meu pequeno
tudo vai por aí
da água ao pó, da traição à confiança
você precisa apenas reconhecer o alfabético a
e distingui-lo do A
observando a pressão nos dedos que escrevem
você deve traçar contornos no casulo onde você se encosta
e tudo virá para você

Não procure por nós quando não estivermos à volta
nós somos a lua tremendo
sobre o lago noturno
e durante o dia a sombra das marionetes
aparecendo desaparecendo além de nós
nós não somos os únicos para você, mas somos um de você
as árvores que anseiam pelas raízes
assim como anseiam pelo céu elevado

Você deve dormir, meu querido
sob o cobertor quente da sua pele
beijando o ar profundo, e acorde com os braços
feito raios solares, levando o mundo em seu enlace caloroso

Masala chá no Brasil

minha cozinha é uma pequena Índia
é uma ilha

invadida por ondas aromáticas
de grãos de café torrado

ecoando nos arranhões do violão
tocando no rádio da minha vizinha no Brasil

♫ *a vida vem em ondas como um mar* ♫
colonizando-me na tensão da raiz de uma li-lin-língua pra
começar

nas manhãs e tardes dos dias
me refugio no meu masala chá

que chamego o sabor indiano na minha língua
e ressoa a Lata ou o Mukesh

♫ *kahi door jab din dhal jaye* ♫
entre os vagarosos rrrrumores da minha caneca chinesa

♫ *saanjh ki dhulhan* ♫
reflexo do sol poente

estirado nos tons dourados do
guisado de açafrão com folhas de chá

♫ *chup key se aaye* ♫
roubando os segredos dos condimentos da minha mãe

oh! o divino manjericão que ela regava
no olho do céu enquanto desperta

vestindo um sari como Asha Parekh na canção
♫ *main tulsi tere angan hmmm* ♫

cantarolando continuamente no quintal perfumado
até que o tempo nos separou

colho uma ou duas folhas secas e as fervo no meu chá
nas manhãs e tardes dos dias

às vezes em ligações de longa distância
em velhos números inexistentes

tocando profundamente nos goles da minha caneca
de masala chá que me mantém quente

como a pele do abraço da minha mãe
em dias frios e noites que se estendem

e para além da minha ilha isolada
uma pequena Índia

invadida por ondas aromáticas
de grãos de café torrado

ecoando no dedilhar do violão
♫ *a vida vem em ondas como um mar* ♫

— a vida, na verdade, vem em ondas como um mar —
tocando na rádio da minha vizinha no Brasil

* Masala chá: um apimentado chá indiano.
* *kahi door jab din dhal jaye*: longínquo quando o dia se esvai.
* *saanjh ki dhulhan*: a noiva da noite.
* *chup key se aaye*: vem silenciosamente.
* *main tulsi tere angan hmmm*: eu sou manjericão do seu quintal.
* sari: vestimenta típica feminina na Índia.
* Lata e Mukesh: cantores famosos da Índia.
* Asha Parekh: atriz de Bollywood.

[agradecimentos]

Ao ler a tradução de meus poemas para o português brasileiro, sinto que eles renascem em um novo corpo e vida. Embora algo em suas sombras deva ser eu, estes poemas e este livro definitivamente pertencem às tradutoras. Queridas Camila Assad, Gisele Wolkoff e Cláudia Martins, estou sempre agradecida pelo amor e valor que dão aos meus poemas.

Cara Luci Collin e caro John Milton, valorizo imensamente o seu apoio. Significa muito para mim que vocês gastaram seu precioso tempo para ler meus poemas e escrever o conteúdo ilustrativo para as orelhas e o prefácio do livro, respectivamente, em um prazo muito curto.

Sou muito grata à Editora Urutau por selecionar este livro em um mar de manuscritos anônimos. Aprecio o trabalho mais importante que vocês fazem — dar forma concreta ao trabalho abstrato da poesia.

Também gostaria de agradecer a meu esposo Arvind Sood e meus filhos — Amogh Sood e Olive Sood —, que são toda a poesia que poesia pode ser...

Voe! Evoé!

Shelly Bhoil
31 de agosto de 2022

[biografia das tradutoras]

Cláudia Santana Martins é doutora em Letras e pós-doutora em Estudos da Tradução pela Universidade de São Paulo. É tradutora e autora do livro *Vilém Flusser: a tradução na sociedade pós-histórica* (Editora Humanitas) e tem dois livros de sonetos, *Um Balde* (com Aguinaldo Anselmo e Eugênio Barata) e *Vidró* (com Aguinaldo Anselmo), publicados por Massao Ohno.

Camila Assad nasceu em Presidente Prudente (SP) em 1988. É autora de *Cumulonimbus* (Quintal Edições, 2017), *eu não consigo parar de morrer* (Editora Urutau, 2019) e foi contemplada pelo ProAC/SP com a obra *Desterro*, a ser lançada na FLIP pelas Edições Macondo. Atualmente vive em São Paulo.

Gisele Wolkoff é poeta premiada com o Machado de Assis, contista (para o Diário do Sudoeste entre 2012 e 2015, além de publicada em antologias) e autora de *Partidas*, *Rumo ao Sol*, *Ar*, publicados pela Palimage em Portugal. Organizou e traduziu *Poem-ando além fronteiras: dez poetas contemporâneas irlandesas e portuguesas* (Palimage, Coimbra) e *Plurivozes Americanas* (CRV: Curitiba). É professora do Instituto de Ciências Humanas e Sociais da Universidade Federal Fluminense em Volta Redonda e coordena pesquisas na área de Literatura, Cultura e Tradução.

■ primeira edição
■ maio de 2023